KB151950

pamayang

& Jambo

pamayang
& Jambo

2007년 1월 10일 초판 1쇄 찍음
2007년 1월 20일 초판 1쇄 펴냄

지은이 송은영

기획디자인 CNG라이센싱 에이전시
편집디자인 정은영

펴낸이 김영길
펴낸곳 도서출판 선영사
주　소 서울시 마포구 서교동 485-14 영진빌딩 1층
전　화 02-338-8231~2
팩　스 02-338-8233
이메일 sunyoungsa@hanmail.net
출판등록 제02-01-51호(1983년 6월 29일)

ISBN 89-7558-168-3 03810

pamayang & Jambo

송은영 글·그림

"사랑을 믿는다면 당신의 사랑이 이루어 집니다."

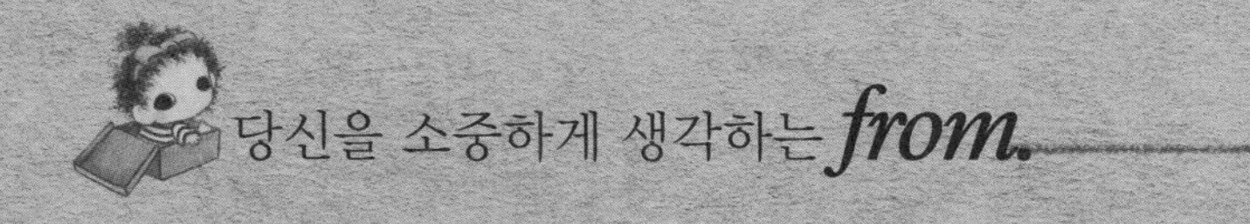
당신을 소중하게 생각하는 from.

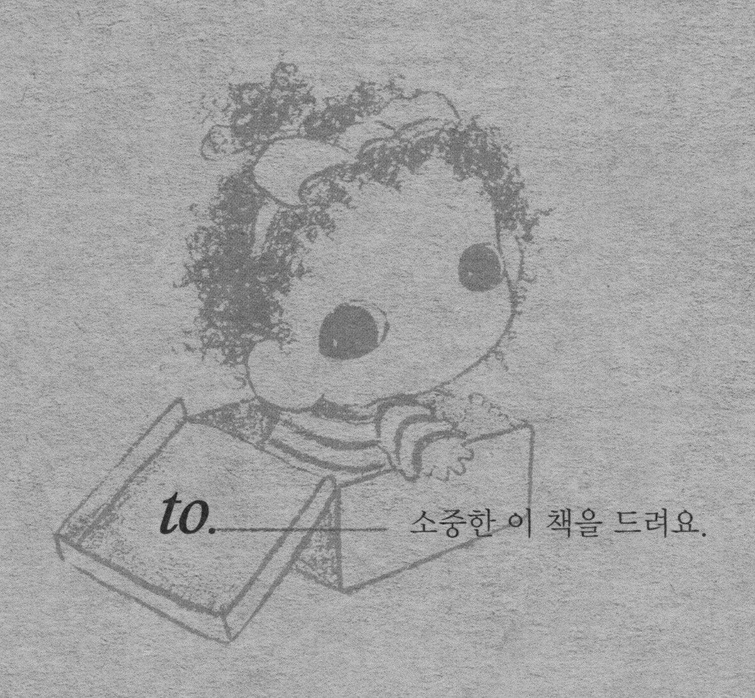
to. 소중한 이 책을 드려요.

love is friendship

한 사람만을 사랑한... 그리고

놓쳐 버린... 나는 바보입니다.

관심 가고 궁금해지고... 보고 싶어지고... 너무 보고 싶어

아파지고... 내 사랑이 너무 아파 울어 터질 때까지도

표현하지 못하는... 그러고는 결국...

혼자서 이별을 선언하는...

나는 바보입니다...

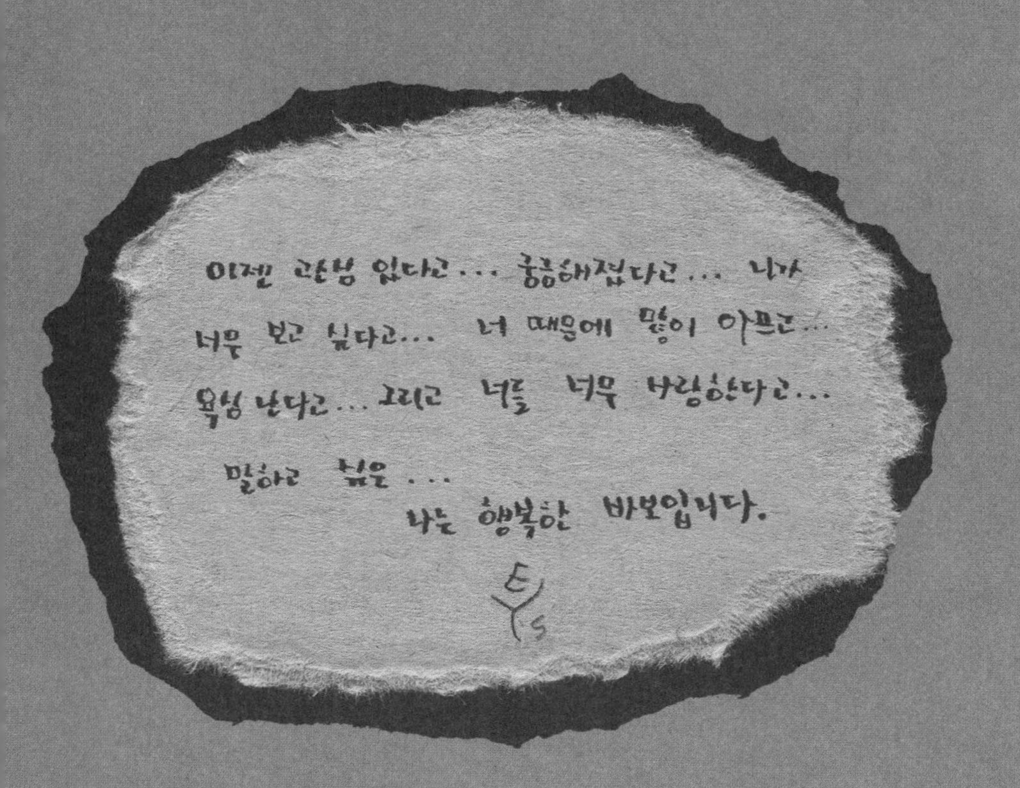
이젠 관심 있다고... 궁금해집다고... 니가
너무 보고 싶다고... 너 때문에 많이 아프고...
욕심 난다고... 그리고 너를 너무 사랑한다고...
말하고 싶은 ...
나는 행복한 바보입니다.

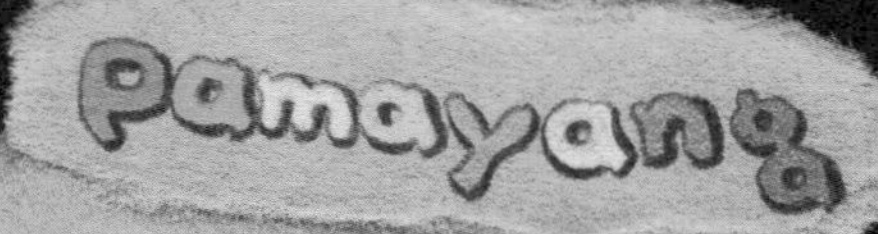

귀여운 사랑지상주의자

늘 헝클어져 있는 뽀글뽀글한
까만 머리와 까맣고 큰 눈...
그리고 항상 발그레한 두 볼이
매력 포인트.

줄무늬 옷을 좋아하고, 구름 위에 누워 있기
날개 달고 날아다니기를 좋아하며..
곰돌이 잠보를... 짝사랑한다.
싫어하는 건... 양말 신기와 머리 빗기.

Jambo

앞머리가 매력적인
곰돌이...
항상 잠만 자는 곰돌이...
파마양의 사랑을 듬뿍받고 있는
행복한 곰돌이...

Favourite things

시간 창고
시간을 되돌릴 수
있음. 최소 단위 10초

날개

붕붕이
위에 올라타
조정하면 어디든
갈 수 있음

여행 가방

방향모자
가고 싶은 곳을
얘기하면.. 더듬이가
방향을 알려줌

보물상자
가장 소중한 한 가지를
넣을 수 있음 마음도...

구름 사다리

하늘 뽕뽕이

pamayang&jambo

contents 01

아픔

pamayang&jambo

contents 02

안녕... 있잖아... **넌** 뭘 좋아해?

혼자 있을 땐 **뭐**하니? 좋아하는 **음식**은...?

근데, 그 **머리**는 어디서 했어...?

....

혹시 **자니**...?

관심+호기심

interest+curious

널 알게 된 후 나에게 너의 의미를 묻기 시작했어...
좀더 가까워지고 싶고... 니가 궁금해지고 널 알고싶어졌거든.
보통 일은 아닌 것 같아... 마치... 아무도 없이 아무 계획 없이 떠난
여행처럼...

흰점박이 나무야

안녕!

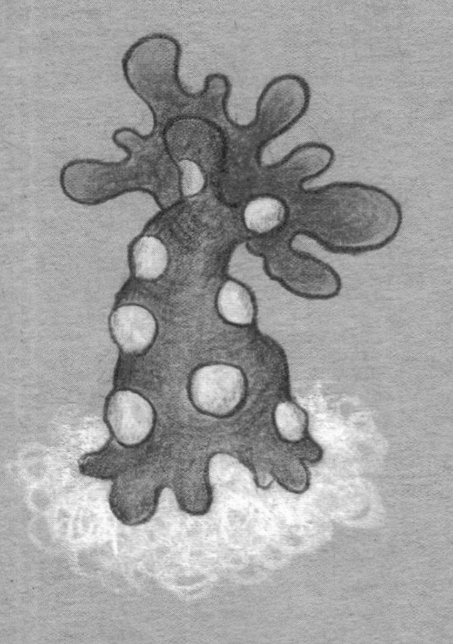

우리

친해지자

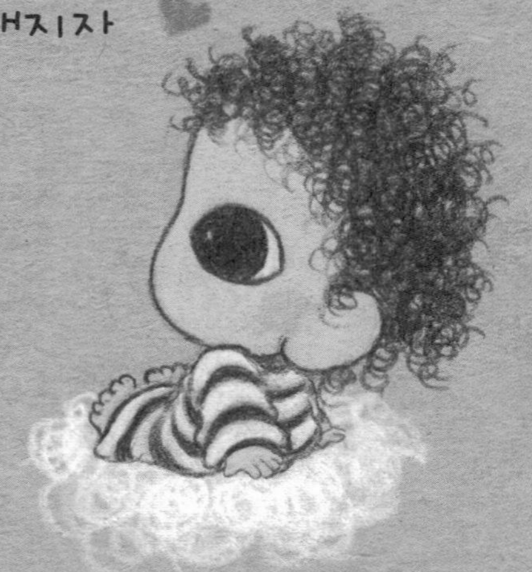

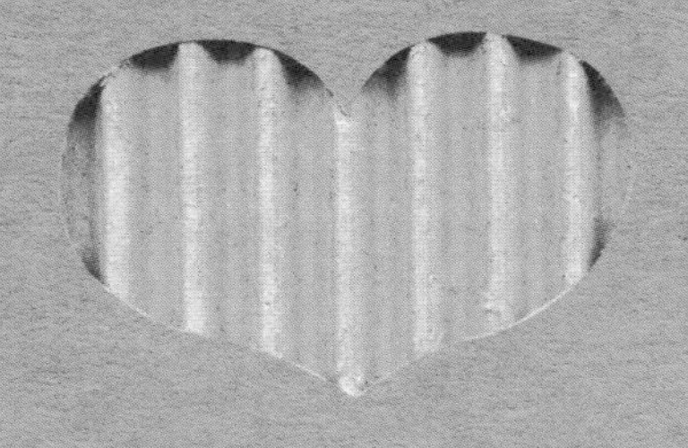

"우리
친해지자...!
응...?"

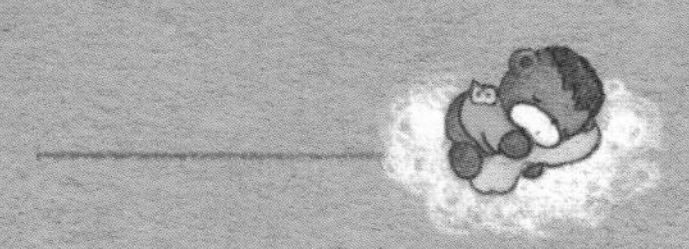

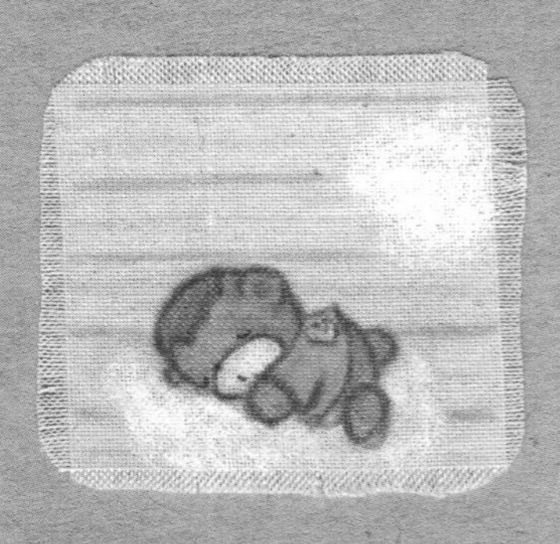

우린 가까운 사이니...
먼 사이니...?

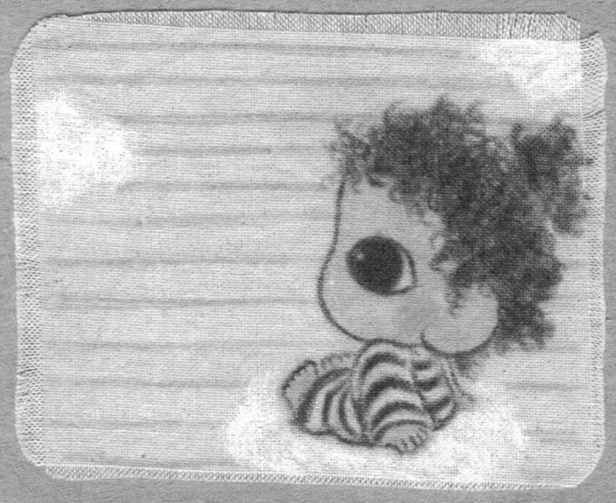

"너에게 가는길 좀
알려 줄래?"

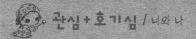

"너 있는 곳으로
가고 싶어..."

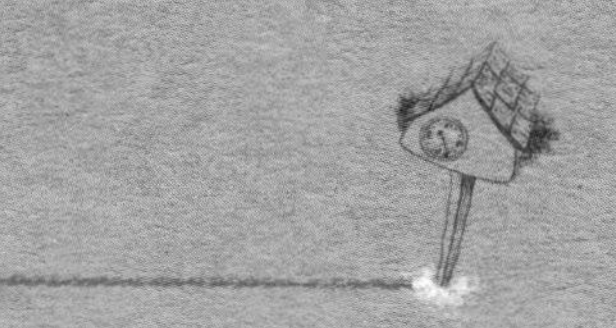

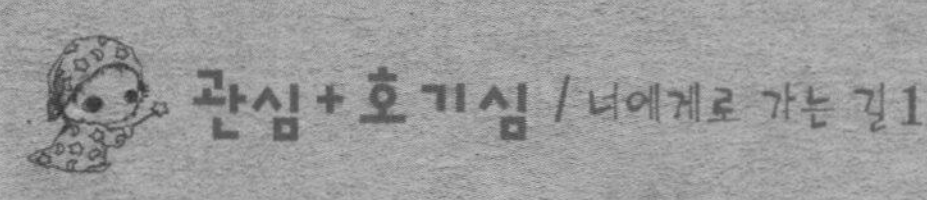

pamayang & jambo love story

love is a long travel

"조금만 더
가까이..."

어디선가 낯설지 않은

향기가 나...

"멀지 않은 곳에 니가 있나 봐"

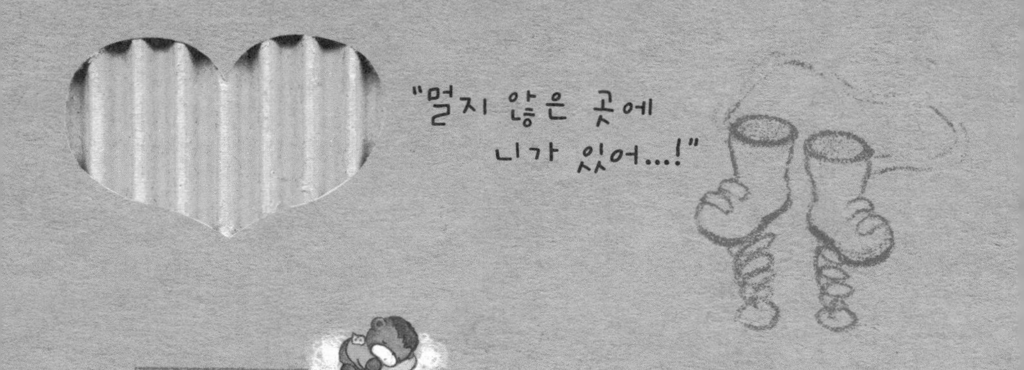
"멀지 않은 곳에
니가 있어...!"

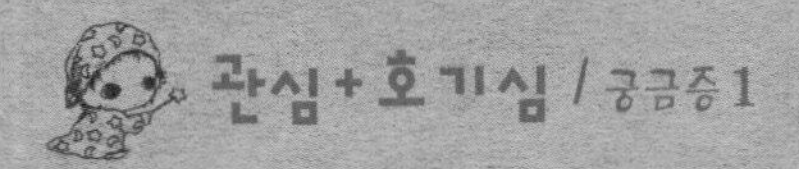

"안녕...? 있잖아... 뭐해???^^;"

자꾸자꾸 니가 궁금해져...

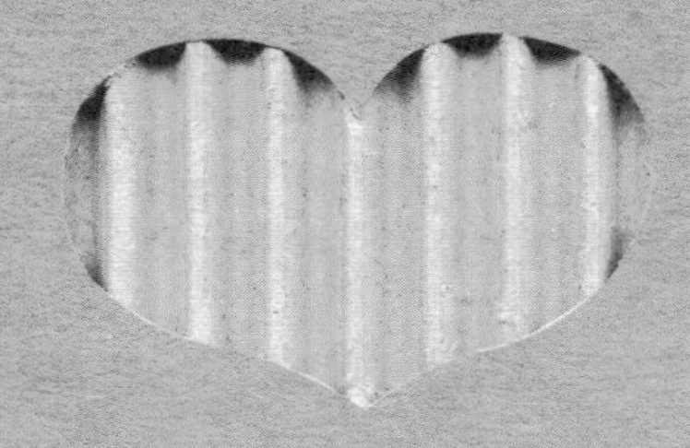

"자꾸자꾸
니가 궁금해져..."

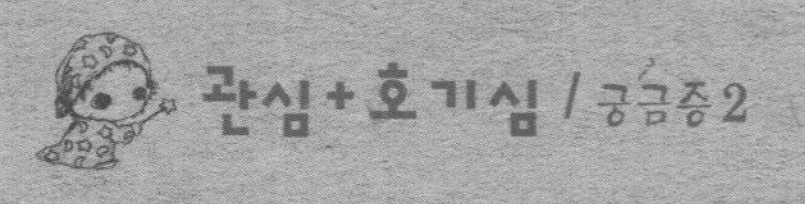

pamayang & jambo love story

love is a long travel

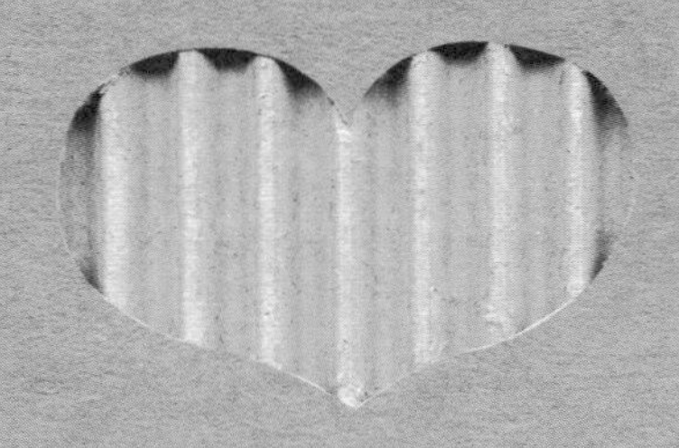

"널...
알고 싶어졌어..."

때로는
아는 척하고 싶은데 모르는 척
말 걸고 싶은데 안 그런 척...

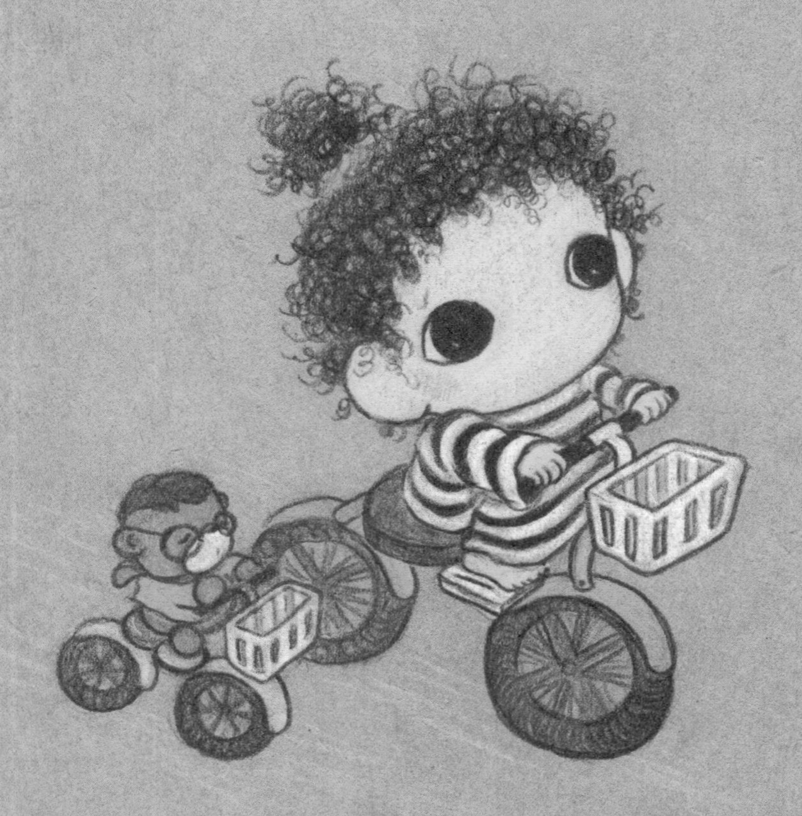

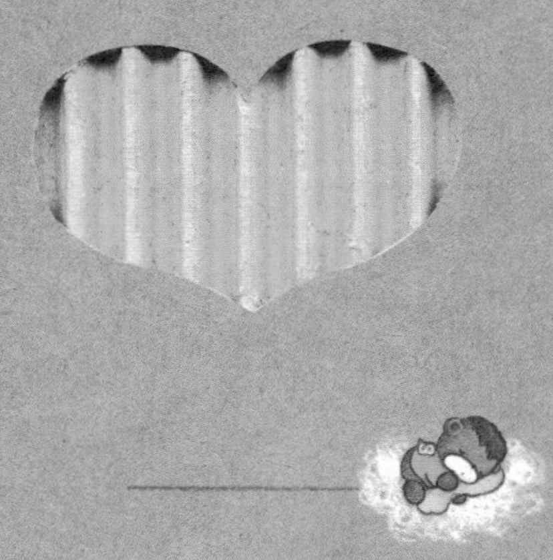

"관심=무관심"

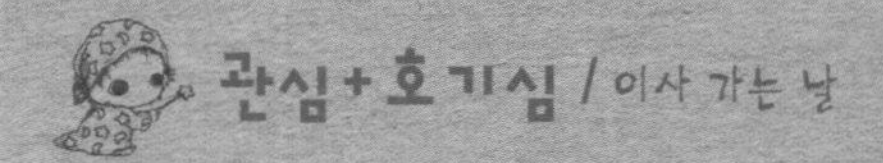

pamayang & jambo love story

"나에게 가장 소중한 건...?"

love is a long travel

"그건... 바로..."

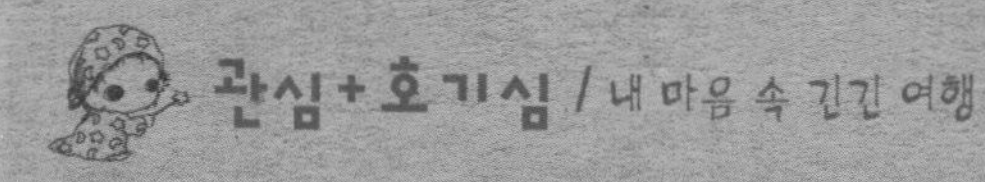

pamayang & jambo love story

내 마음 속…

긴긴 여행

너를 향한

긴긴 여행이 시작됐어…

love is a long travel

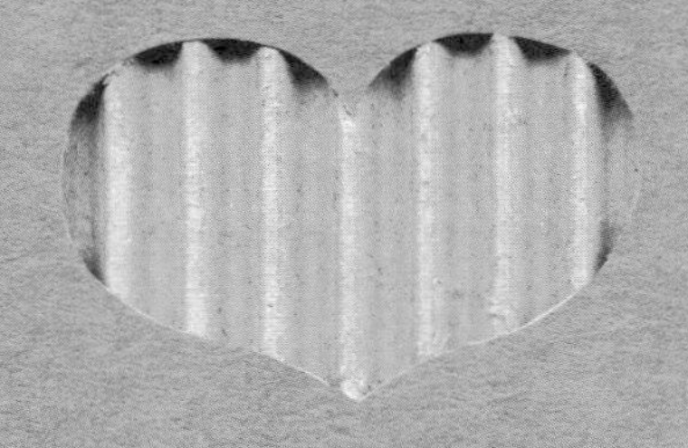

"언제 끝날지 모를...
너를 향한
긴긴 여행이
시작됐어..."

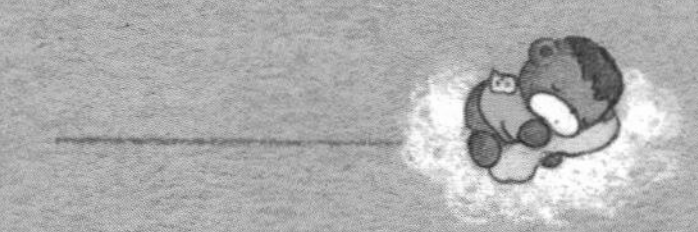

Dream

상상

imagination

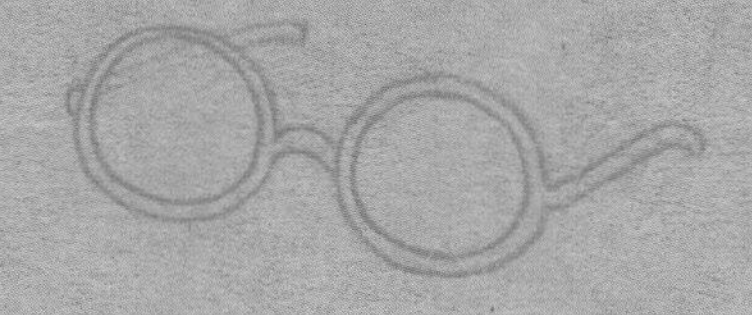

재밌는 상상을 하기 시작했어!! 너와 함께 하면 어떨까...
날 좋아하게 만들면 어떨까... 니 맘을 들여다 볼 수 있다면...
있다면.... 그건 사실 좀 자신 없어... ^^;

상상 / 일상 탈출

pamayang & jambo love story

이대로 잠시만
멈췄으면...
파마양
잠보

시간아! 오늘만 멈춰 줄 수 있니...?

l o v e i s a l o n g t r a v e l

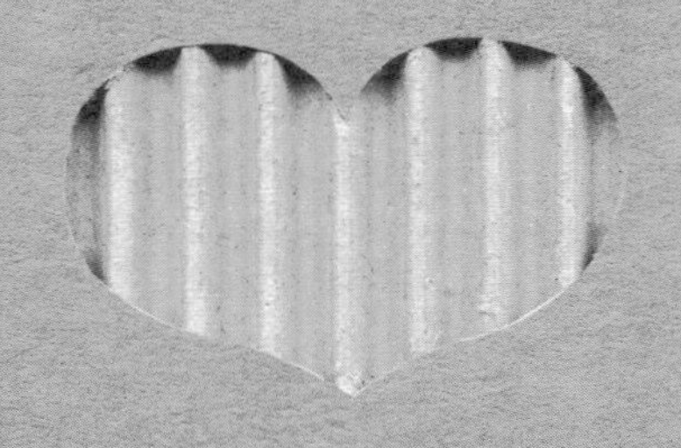

"시간아...
부탁해!"

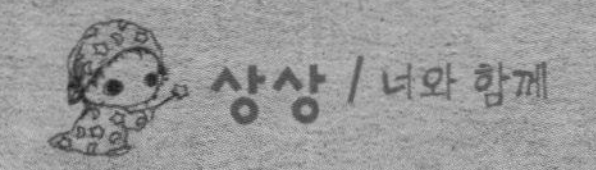

pamayang & jambo love story

love is a long travel

"언제나...
너와 함께
할 거야"

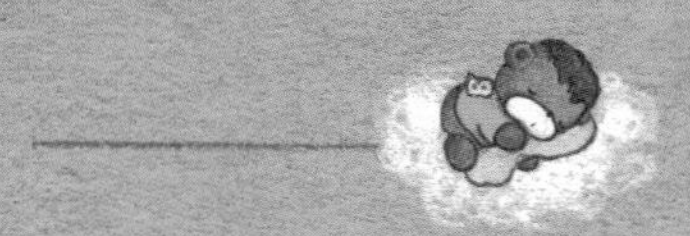

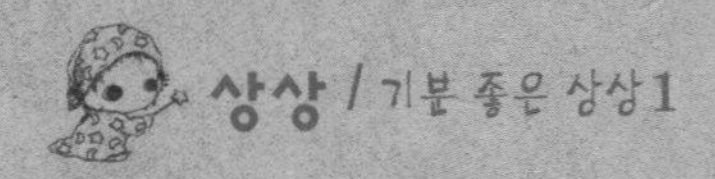

pamayang & jambo love story

너와 나 단둘이...

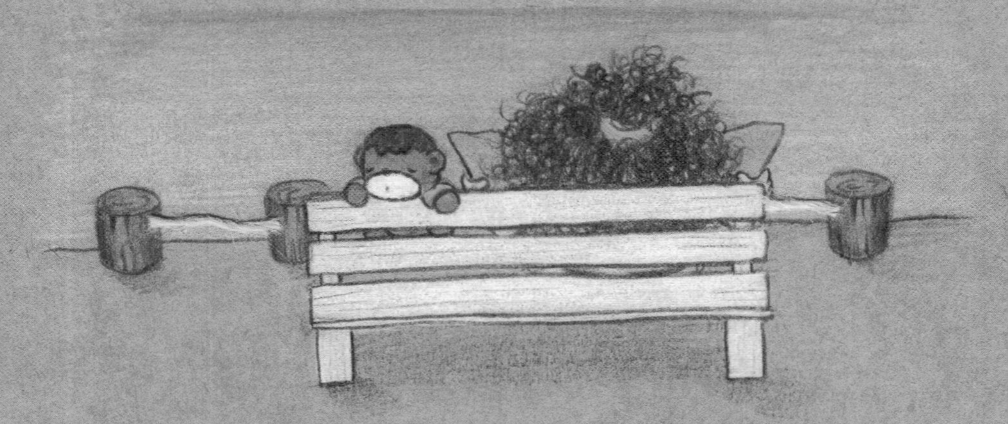

"여유로운 오후..."

love is a long travel

"너와 나
단둘이서..."

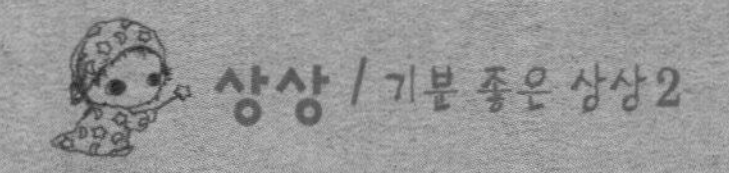

pamayang & jambo love story

너의 작은 이 손 잡을 수만 있다면...

"이 손 놓지 말아야지!"

love is a long travel

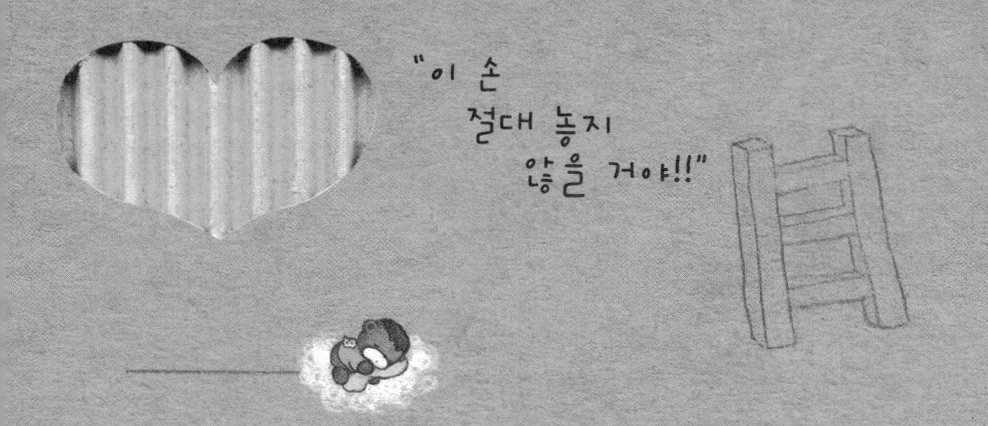
"이 손
절대 놓지
않을 거야!!"

8월, 어느 눈 내리는 날...

흰 드레스를 입은 내 모습 너에게 보여주고 싶어...

나 이뻐?

"나 이뻐...?"

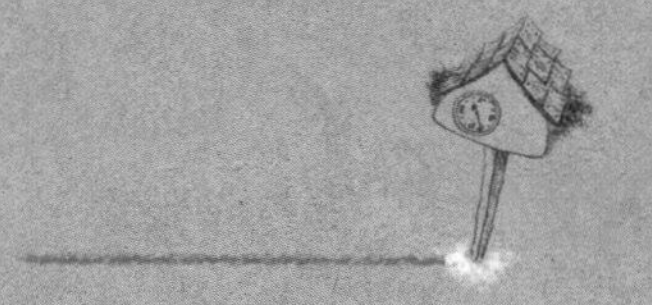

상상 / 요술 안경

pamayang & jambo love story

이건 말이야 아주 특별한 거야.

마음을 볼 수 있거든...

"근데... 나, 눈을 뜰 수가 없어..."

love is a long travel

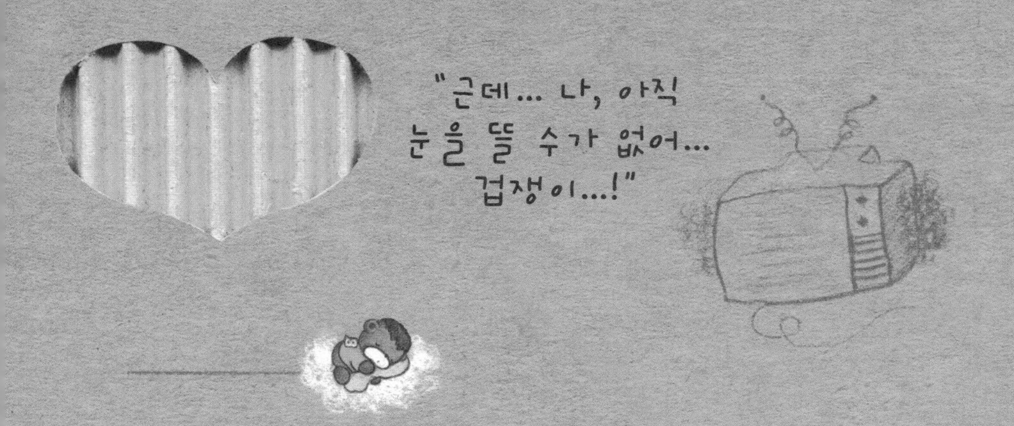
"근데… 나, 아직
눈을 뜰 수가 없어…
겁쟁이…!"

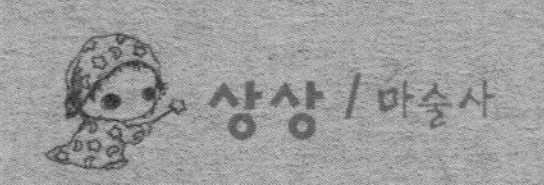

할 수만 있다면

...

널 한 사람만
사랑할 수 있게 만들 거야

"그게 바로 나이기를"

"그게 바로
나이기를..."

바람이 분다…

그 리 움

attachment

내 마음 속에 가을이 왔나 봐...
마음이 살짝 시리고... 허전한 게...
아무것도 손에 잡히지 않아... 내 머릿속, 내 가슴 속...
니가 조금씩 스미는 것 같아... 넌 어디쯤 있니??

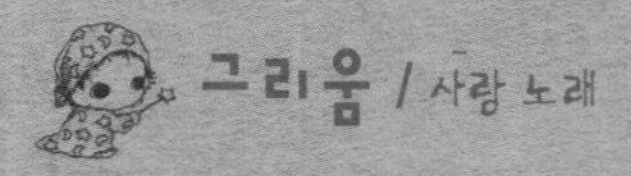

pamayang & jambo love story

"내 사랑이 들리니?"

"들어봐!!"

love is a long travel

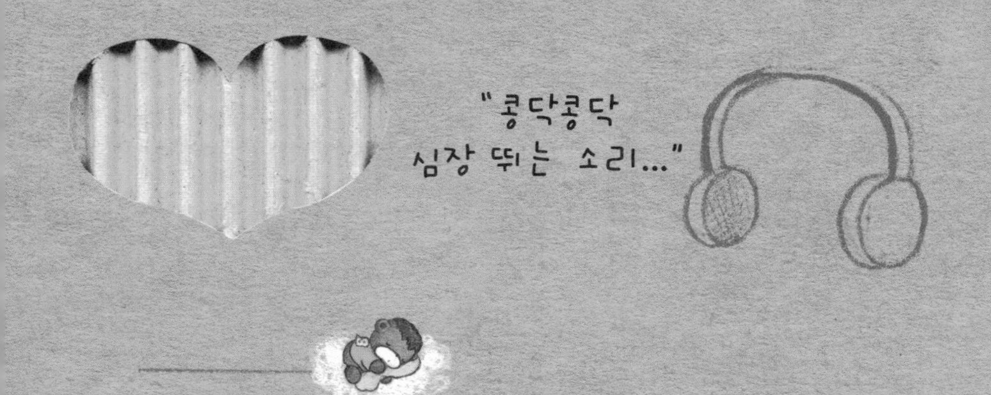
"콩닥콩닥
심장 뛰는 소리..."

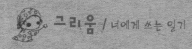

pamayang & jambo love story

love is a long travel

"너의

이름만 가득…"

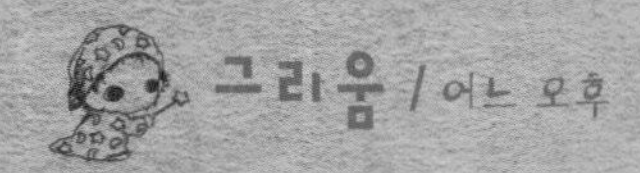

pamayang & jambo love story

무료한 오후 아무것도 손에 잡히지 않아...

어마어마하게 긴 하루...

love is a long travel

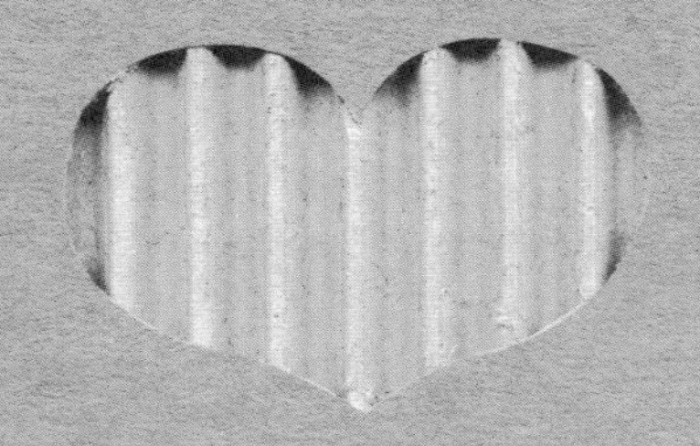

"니가...
보고 싶어..."

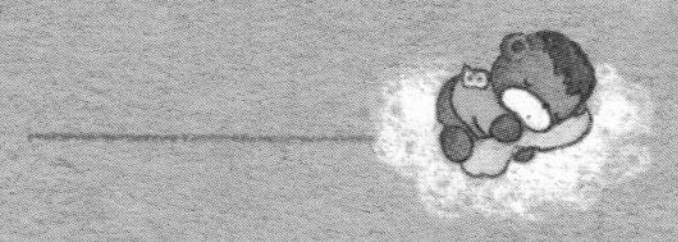

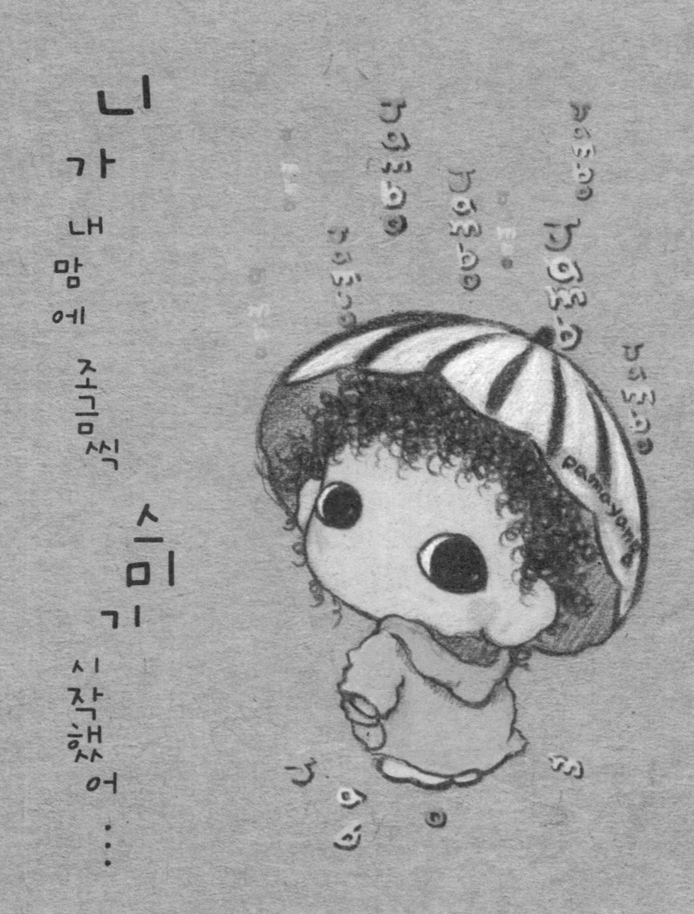
니가 내 맘에 조금씩 스미기 시작했어...
pamayang

love is a long travel

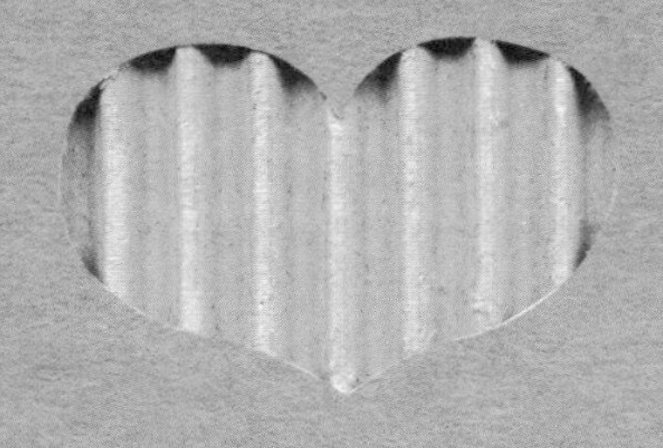

"너도
날 생각하니…?"

시간에 묻혀 알 수 없는
감정에 사로잡히다.

3초, 그 짜릿한
그리움...

두근두근...

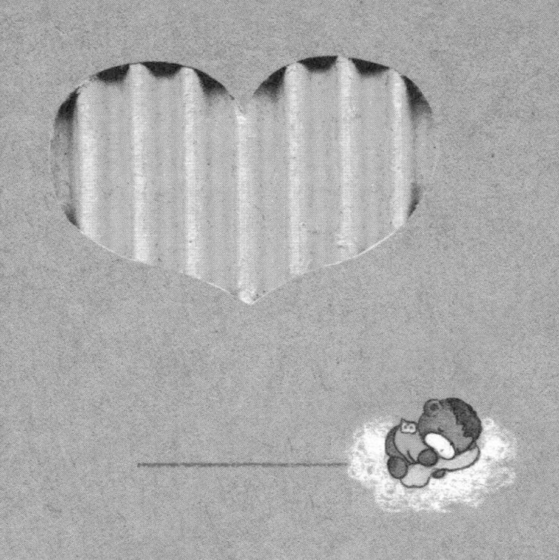

"두근두근"

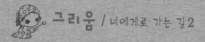

pamayang & jambo love story

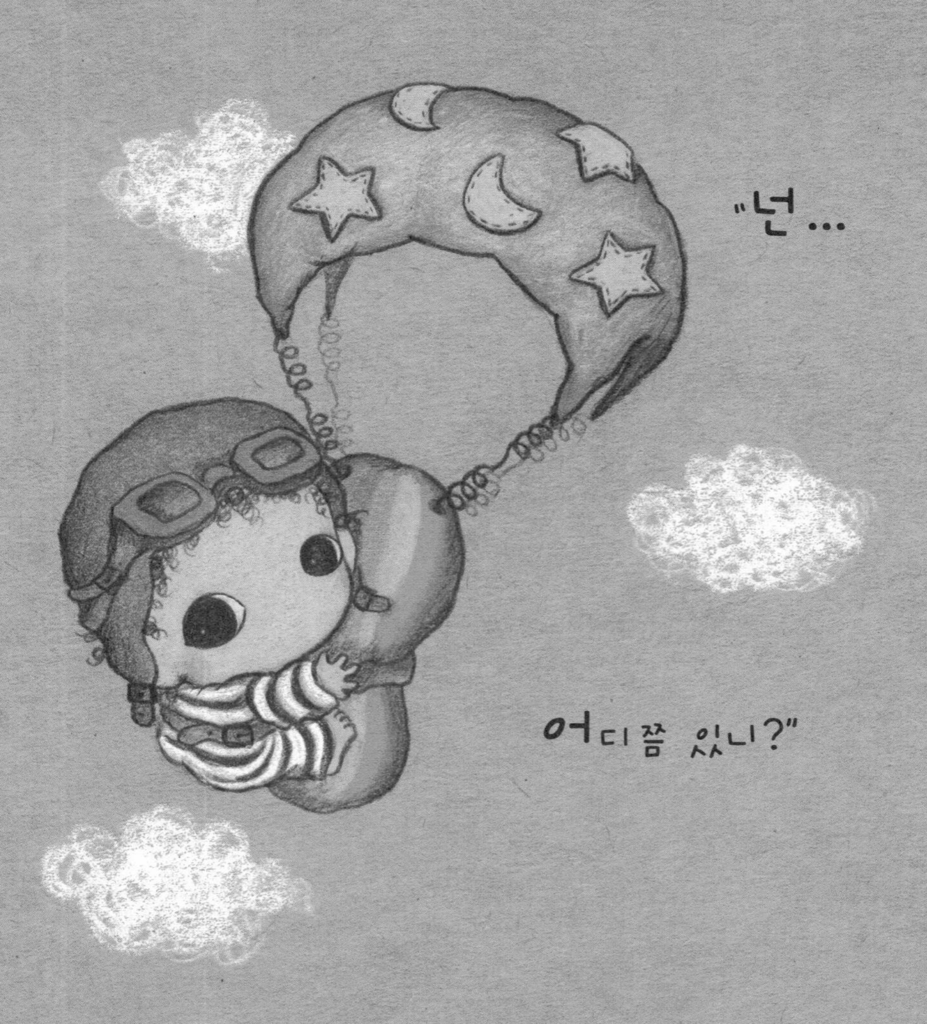

love is a long travel

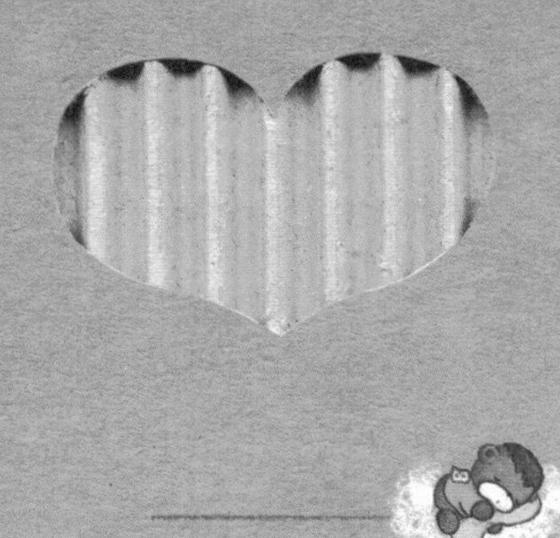

"넌…
어디쯤
있니?"

잠보야...

잠보야...

잠보야...

"오늘도 소리 없이 너의
이름을 불러 본다!"

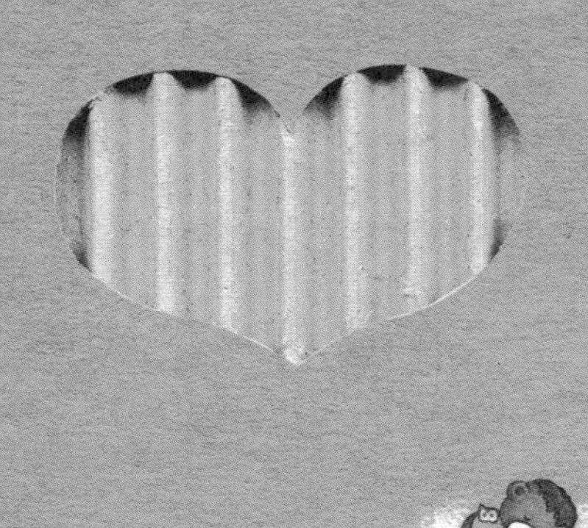

"너의 이름을
소리 없이
불러 본다!"

너무 아파서 **너**무 울어서

내겐 너무 **추운** 겨울...

아픔
pain

오늘도 소리 없는 외침이 되어 허공 속에 메아리쳐 울려...
너를 향한 내 마음이... 이젠 조금 무거워...
자꾸만... 가슴이 울리고... 자꾸만 눈도 시큼시큼거려...
너에게 가고싶어...

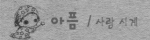

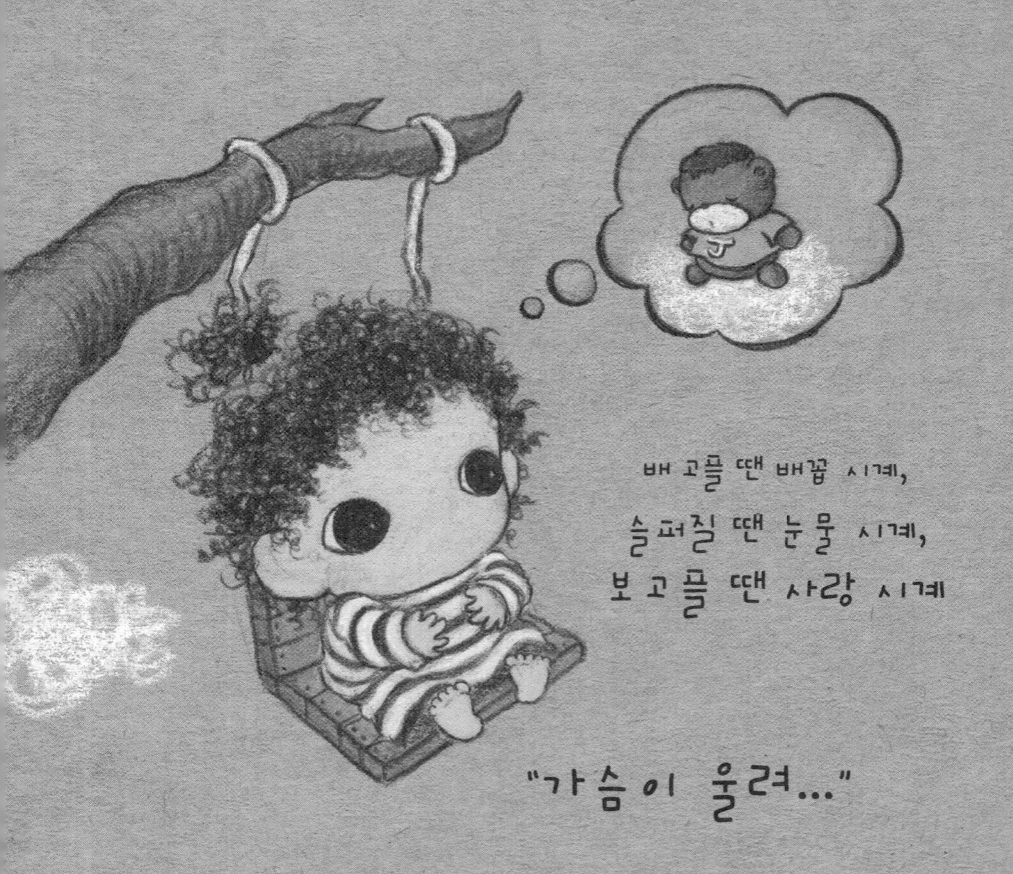
배 고플 땐 배꼽 시계,
슬퍼질 땐 눈물 시계,
보고플 땐 사랑 시계
"가슴이 울려..."

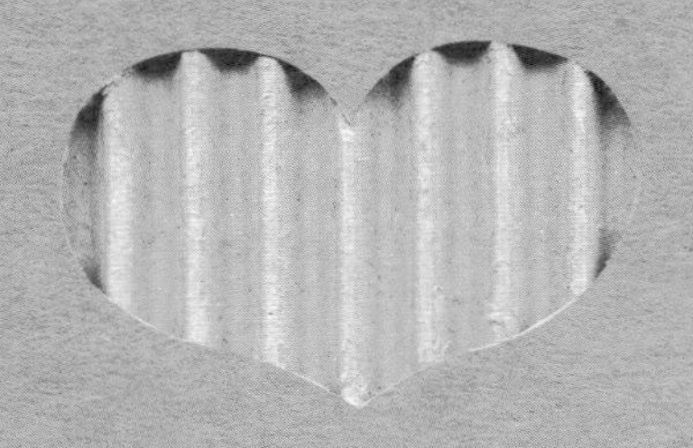

"가슴이 울려..."

내 몸무게 = 13kg

♥ > 13kg

♥ = ???

"너를 향한 내 마음...

내겐 너무 무거워"

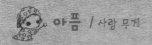

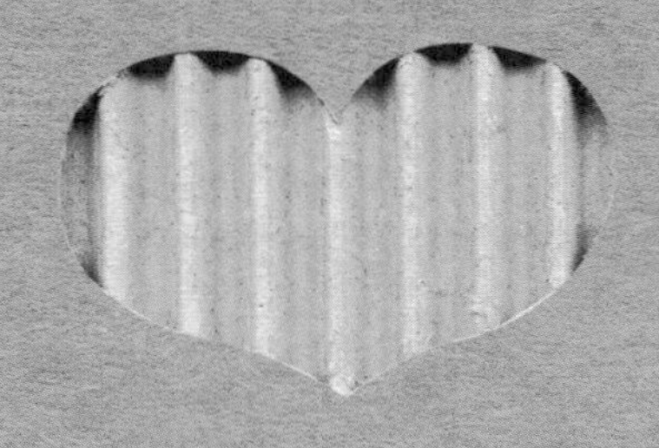

"너를 향한
내 마음..."

pamayang & jambo love story

이불 뒤집어쓰기놀이는

잠시나마 널...

love is a long travel

"잠시나마...
널 잊게 해 줘..."

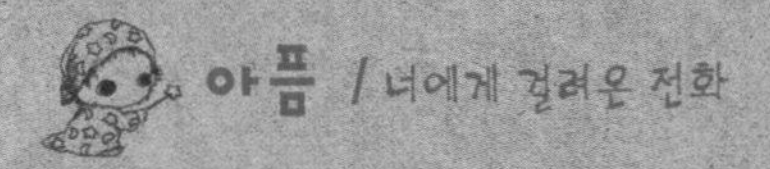

어느날 문득 너에게 걸려온 전화
다리가 휘청거리고 심장이 바닥까지
떨어지는 줄 알았어...!

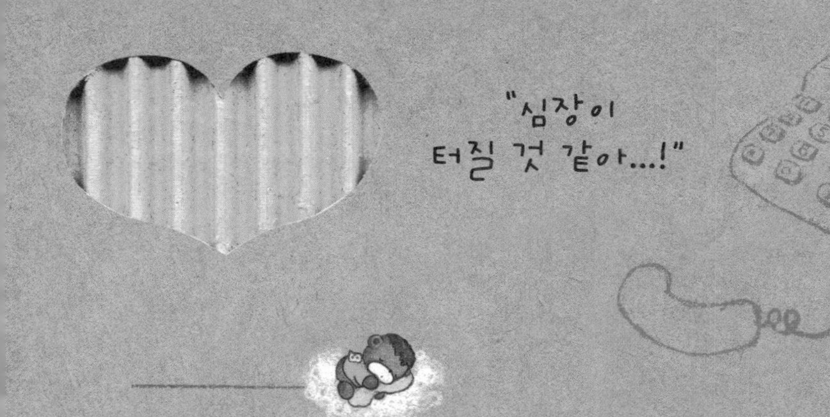
"심장이
터질 것 같아...!"

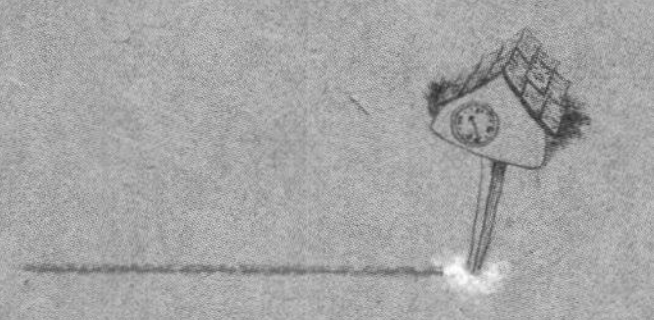

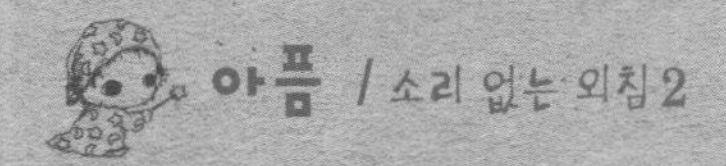

pamayang & jambo love story

내 사랑을 지우지 마...

"내 마음만은 지워지지 않아...!"

love is a long travel

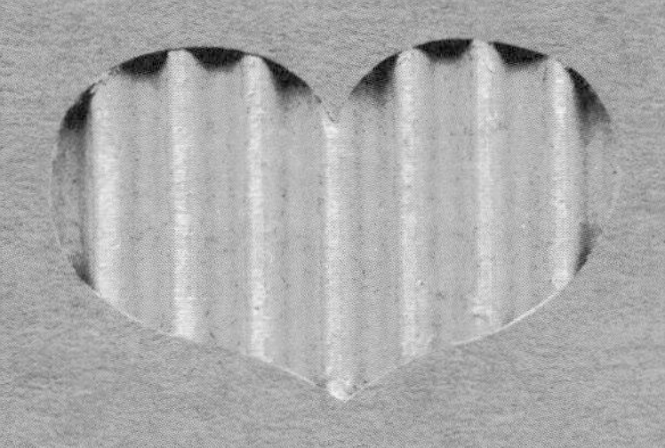

"내 마음은
지워지지
않을 거야!"

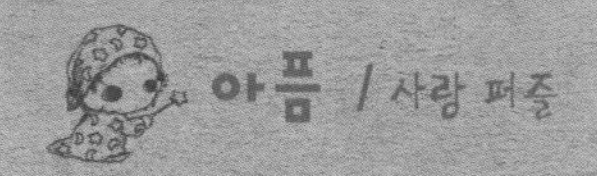

pamayang & jambo love story

"하나의 조각이 없으면
완성될 수 없는 퍼즐처럼 아픔 없이
사랑이 완성될 수 없나 봐"

love is a long travel

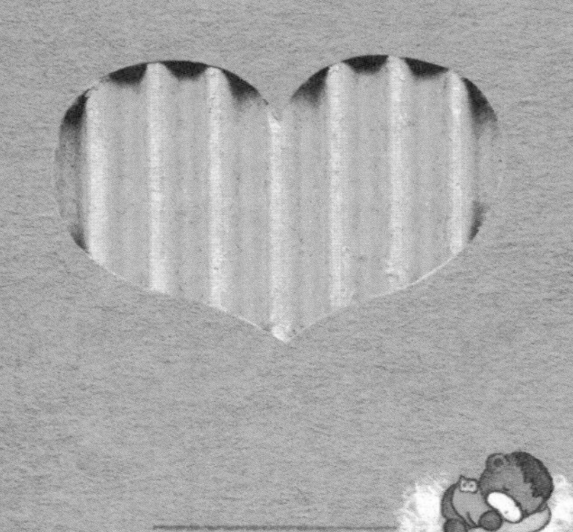

"사랑=아픔"

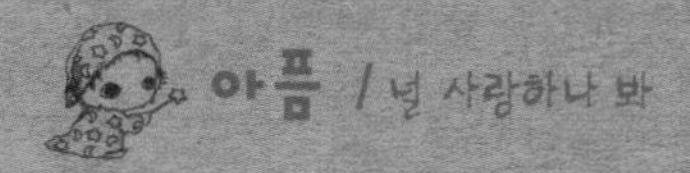

pamayang & jambo love story

love is a long travel

"나... 어쩌지...??"

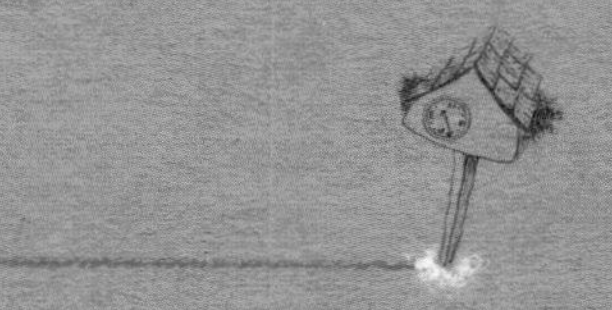

오늘 나...

줄무늬 티를

무지 많이 샀어...

후회는 하지 않을 거야...

욕심 + 이기심
geedy+selfishness

나에게 사랑한다고 말해 봐... 내 마음은 이만큼이란 말이야...
널 이 안에 가둘지도 몰라... 널 위해 난 뭐든지 할 수 있다고...
너 정말 내 맘 모르겠니...??
널... 사랑한다고...

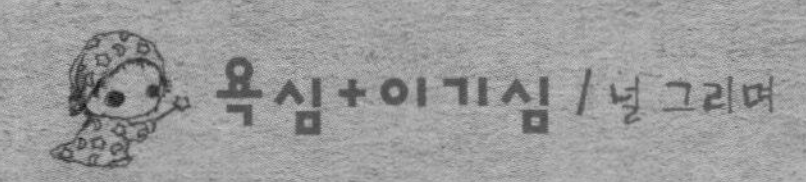
욕심+이기심 / 널 그리며

pamayang & jambo love story

너를
사랑해
ㅋ
ㅋ
ㅋ
나에게
말해 봐!!
love is a long travel

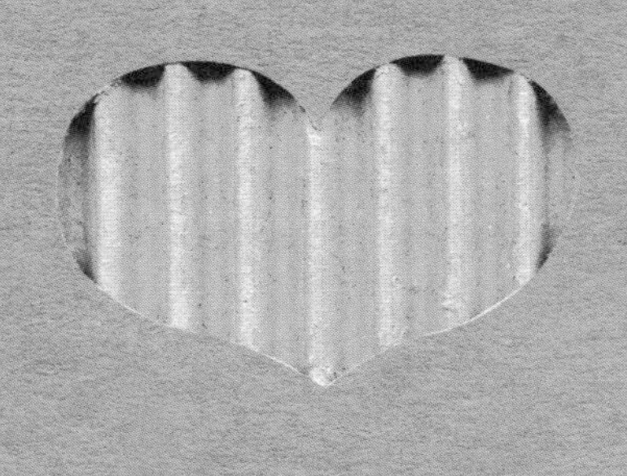

"나에게 말해 봐
사랑한다고…"

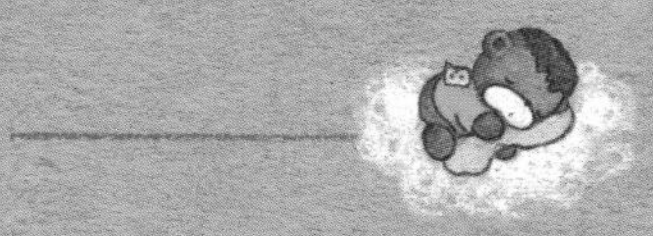

점점 유치해져 가는
내 마음 좀 어떻게 해 봐...

"어디 가는 거지?
대체 누굴 만나러
가는거야...?"

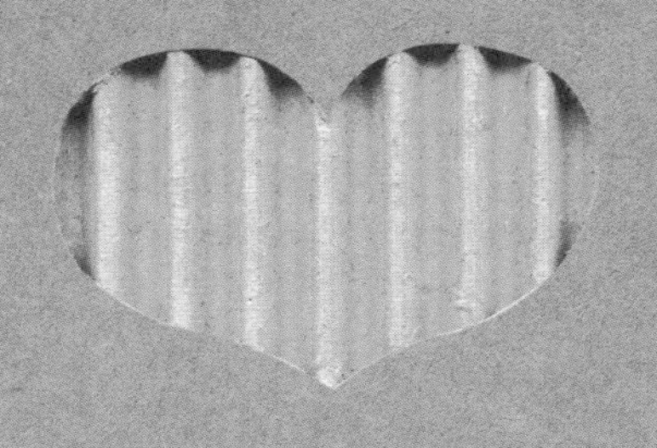

"내 마음 좀
어떻게 해 봐…"

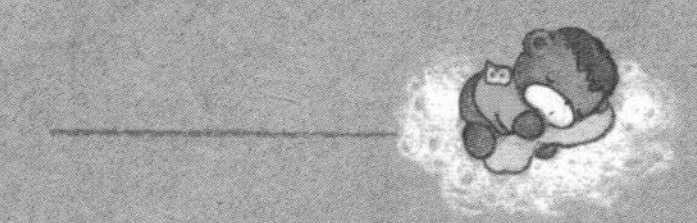

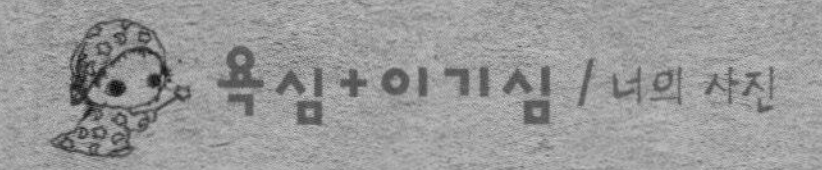

pamayang & jambo love story

내 마음은 온통

니 사진

뿐이야...

내 마음 가득 말이야...

love is a long travel

"내 마음 가득...
너의 사진으로..."

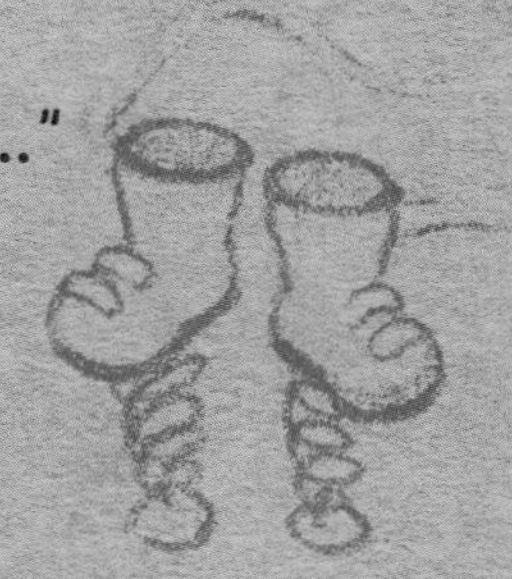

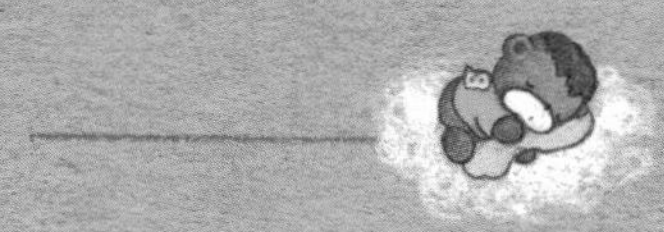

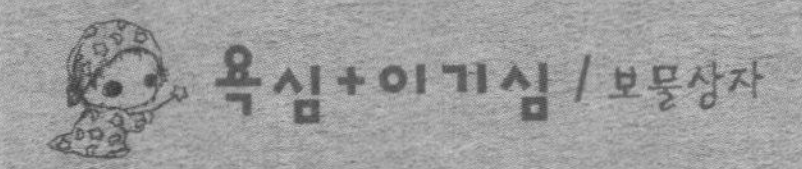

pamayang & jambo love story

love is a long travel

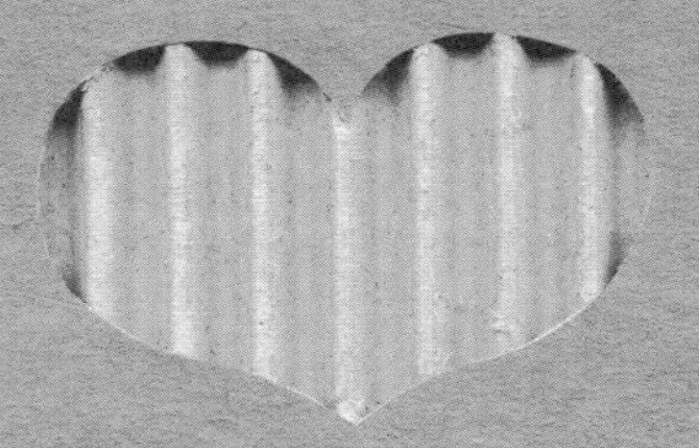

"딱 한 가지만
넣을 수 있거든!"

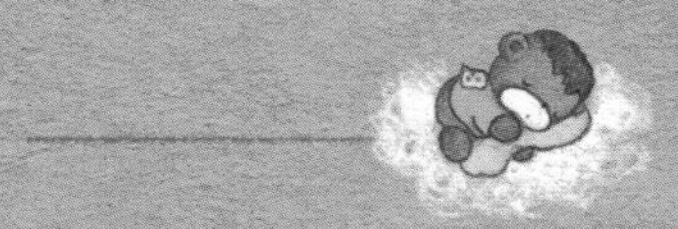

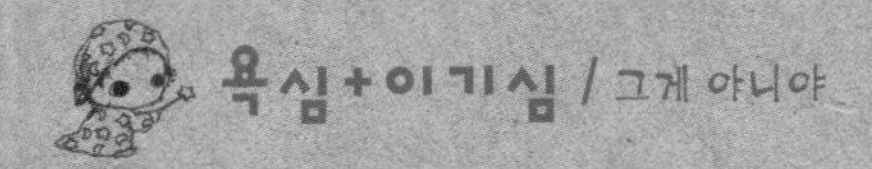

난 지금 자고 있는 게 아니야
하늘을 날고 있는 거지...

난 널 구속하려는 게 아니야
널 사랑하는 거지...

널 사랑하는 거야...

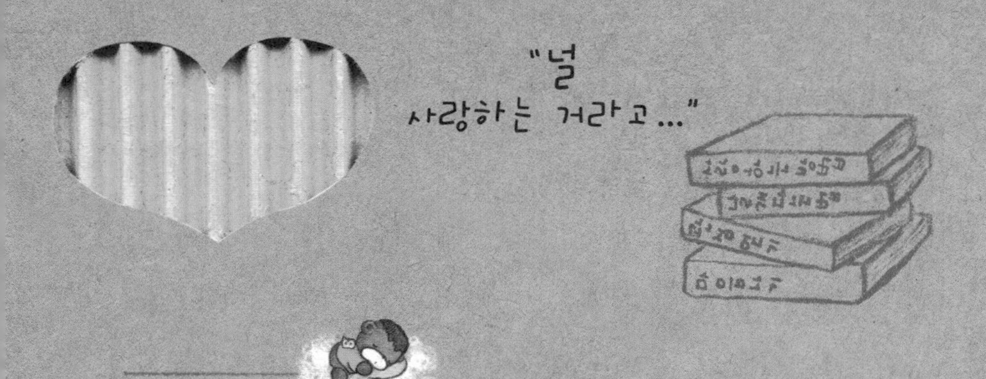
"널
사랑하는 거라고..."

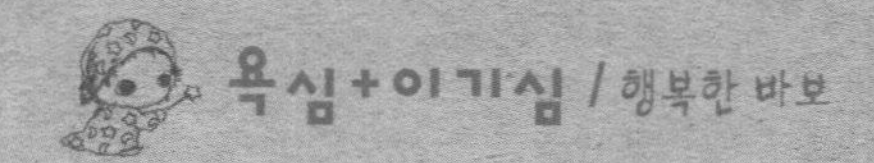

pamayang & jambo love story

너의 마음과 바꿀 수 있다면...

"그래도 난..."

love is a long travel

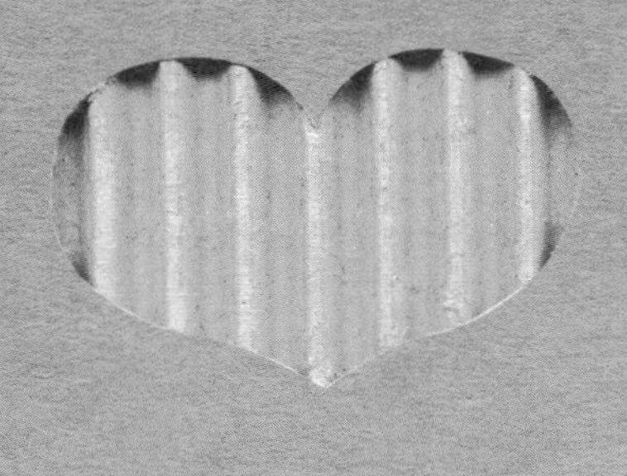

"그래도 난...
웃을 수 있어..."

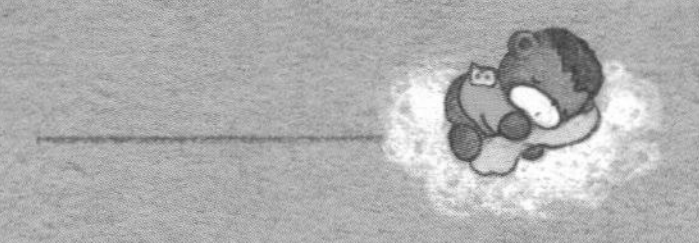

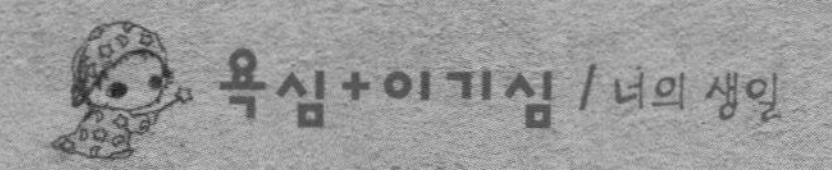

널 위해

준비했어...

준비됐어...?

"다 줄 거야..."

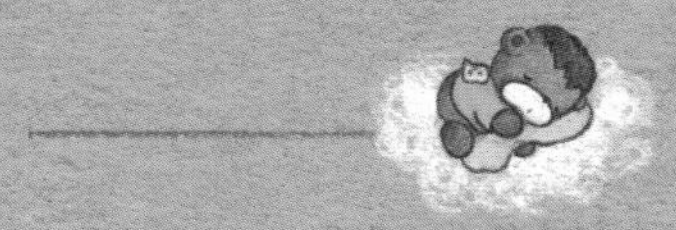

내 마음은...

위험 수위...

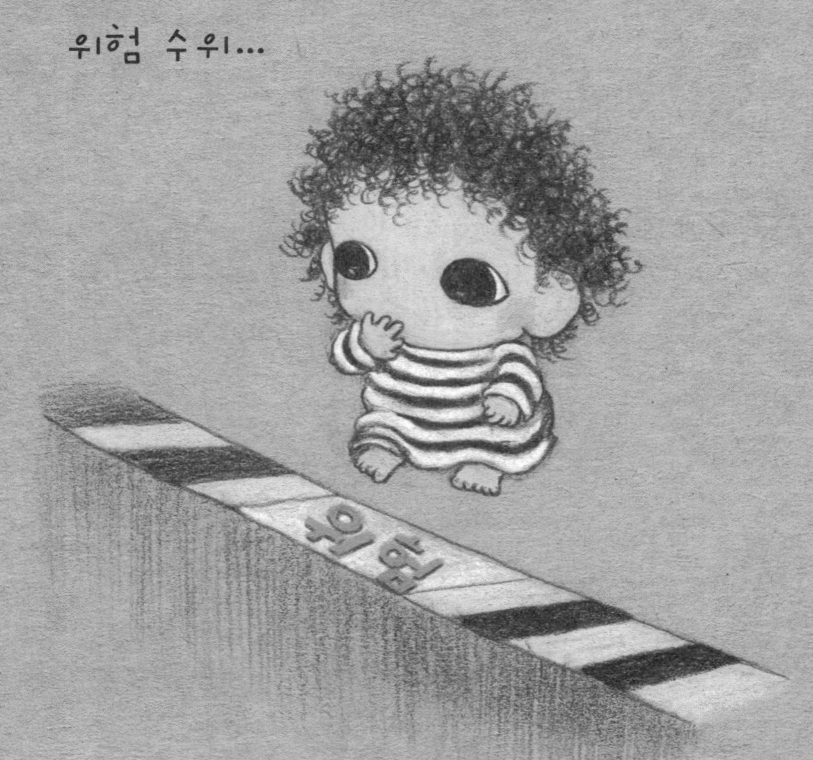

물러설 수도 다가갈 수도 없는걸...

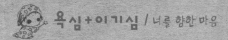

"마음이...
터질 것 같아"

pamayang & jambo love story

너에게 하지 못한 그 한 마디

love is a long travel

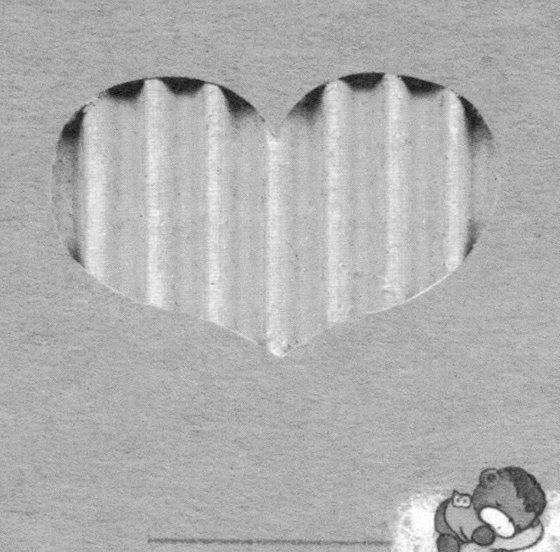

"듣고 있니...??"

오늘은 내 마음 속에 가둬 둔 널...

보내는 날이야...

여행

travel

이젠 내 마음 속... 널 보낼 수 있을 것 같애...
널 지우려 떠난 기차 안... 하지만 여전히 내 맘 속
니 이름만 가득한걸... 널 지울 수 없을 것 같아...
나 아니면... 그 누구도 널 지켜줄 수 없어... 내가 널 지켜줄 거야...
널 사랑하니까...

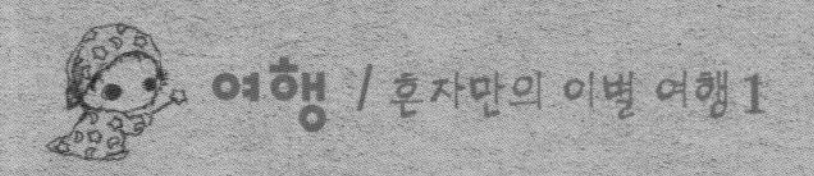

pamayang & jambo love story

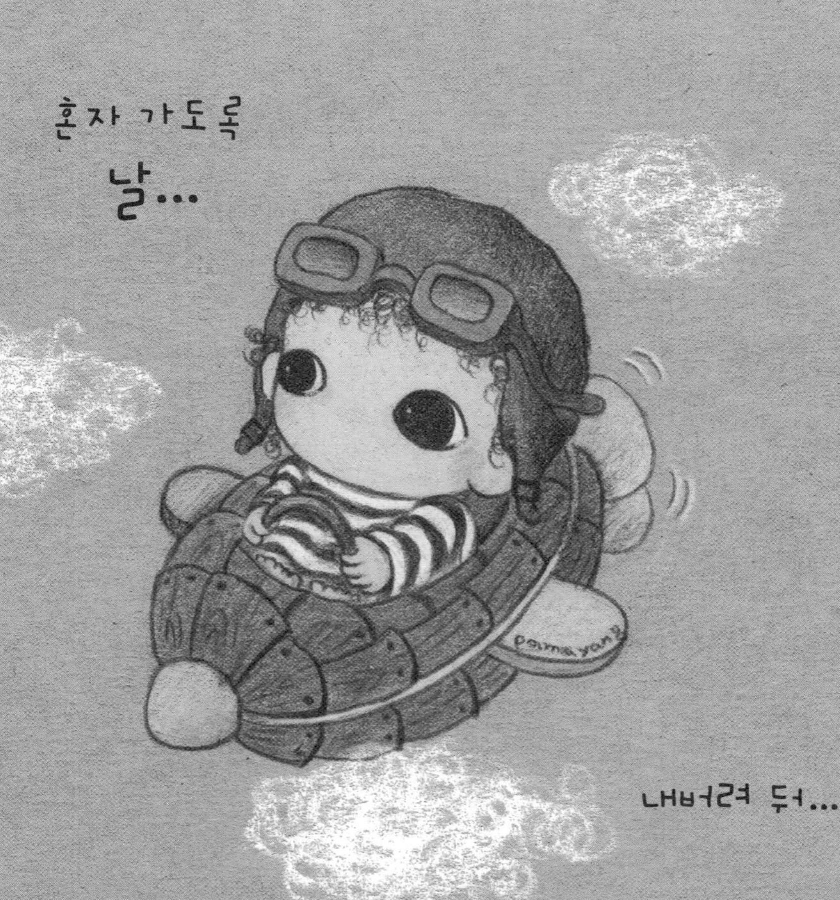

love is a long travel

"날 내버려 둬..."

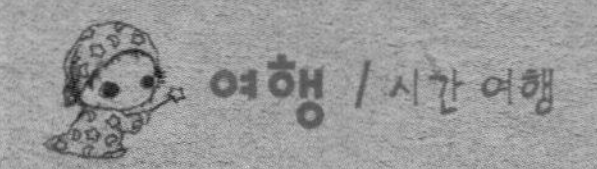

pamayang & jambo love story

love is a long travel

"나 지금 어디로
가는 거지…??"

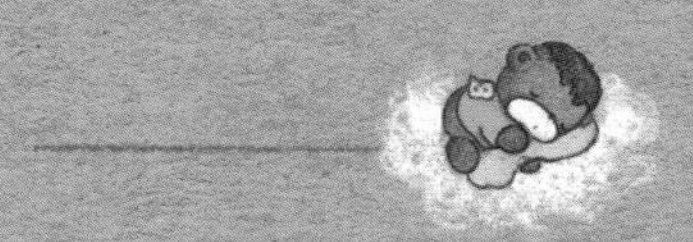

pamayang & jambo love story

love is a long travel

"니 이름만
가득..."

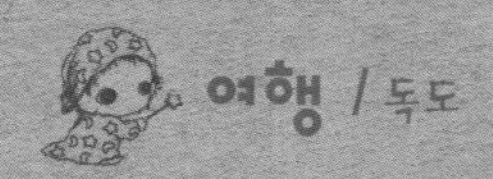

pamayang & jambo love story

"아무에게도 상처받지 못하도록…"

l o v e i s a l o n g t r a v e l

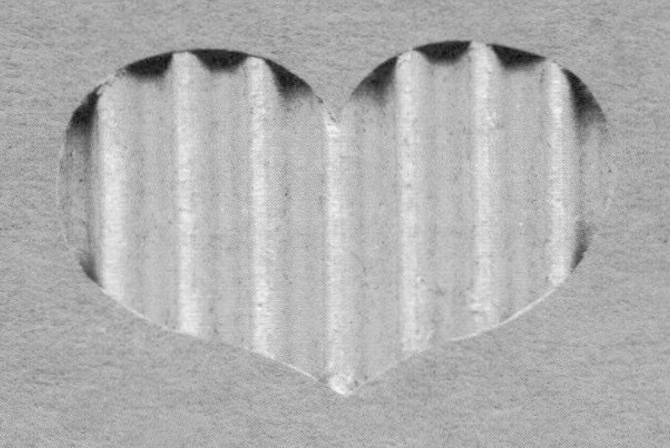

"널
사랑하니까..."

너무 늦지 않게 와줘...

너무 늦게 오면...
내가 그 자리에
없을지도 몰라...

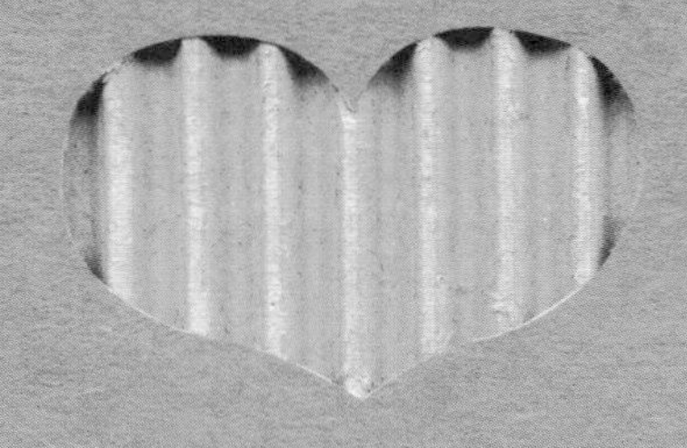

"하지만...
언제까지나 널
기다릴 거야..."

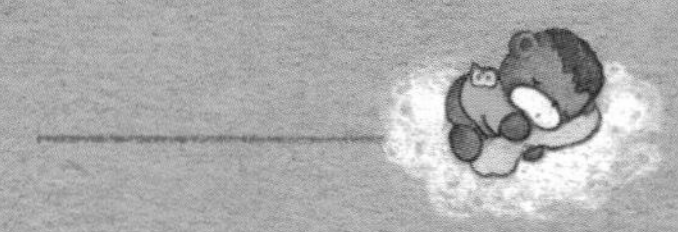

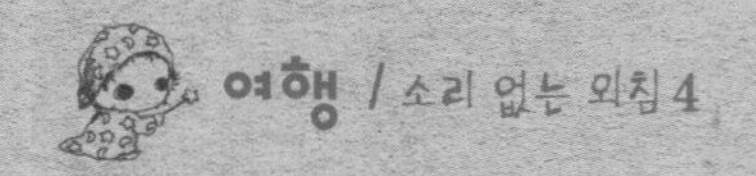

pamayang & jambo love story

이 말 들리니...? "메아리쳐 너에게 전해질 수만 있다면"

love is a long travel

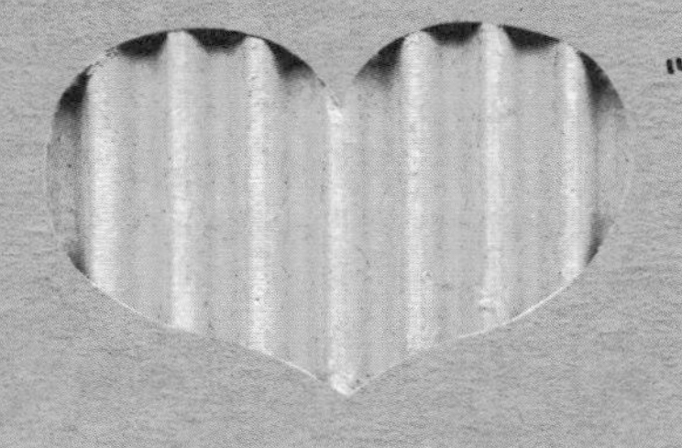

"메아리처
너에게 전해
질 수 있다면"

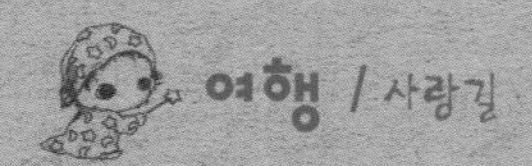

pamayang & jambo love story

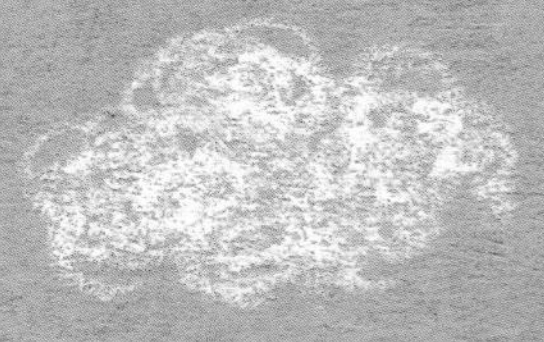

사랑은... 눈물나게 힘든 긴긴 여행

love is a long travel

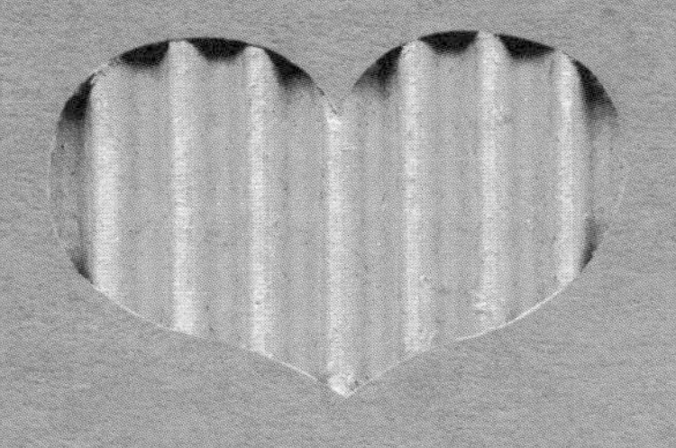

"뒤돌아 갈 수도…
멈출 수도 없는…
사랑길…"

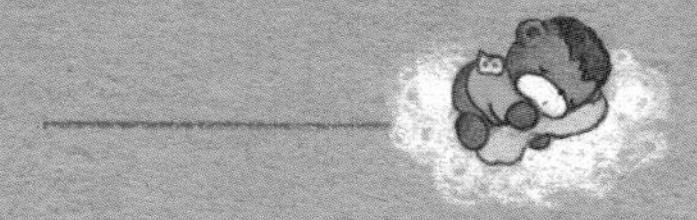

pamayang & jambo love story

love is a long travel

"방향 모자야...
알지?"

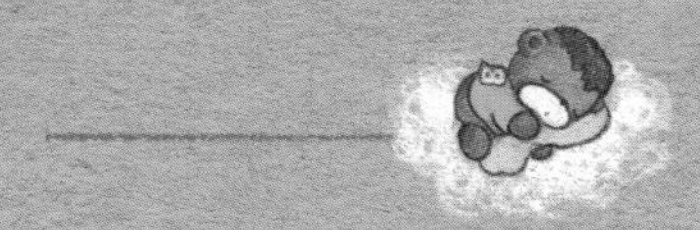

아저씨
무지갯빛 비
한 병 주세요!

고백

proposal

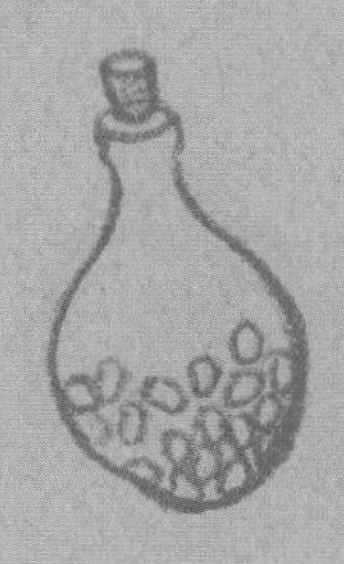

이제야 알았어... 널 사랑하는 법을...

이젠 니가 좋으면... 나도 좋아...

무지갯빛 비야... 나에게 용기를 줘... 고마워...

이 나무 꼭대기에 오르면 고백할게...

1, 2, 3, 4, 5, 6, …10

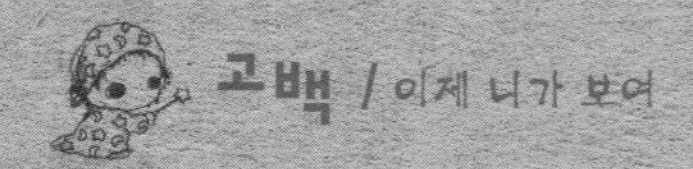

찾았다...!!!

"이제야 널 제대로 볼 수 있게 됐어"

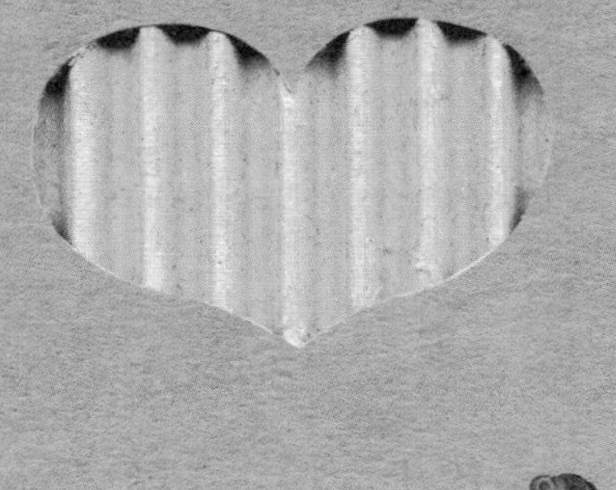

"이제야 널..."

넘치지도...

모자라지도 않게

사랑 필요충분조건..

love is a long travel

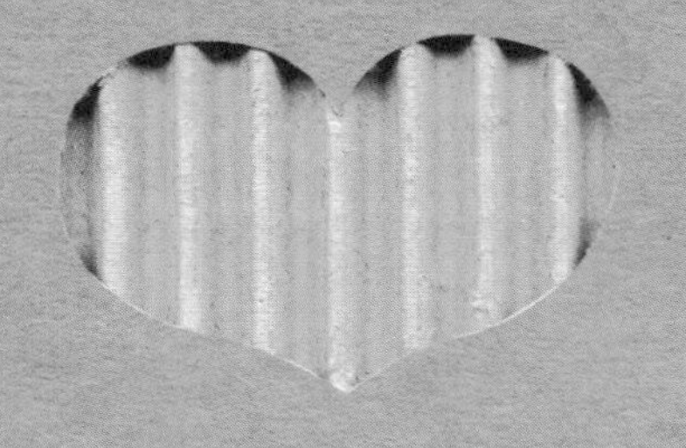

"사랑 필요
충분조건..."

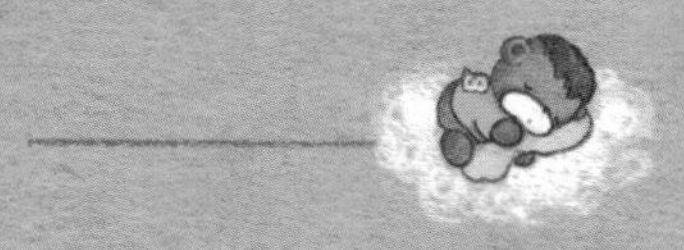

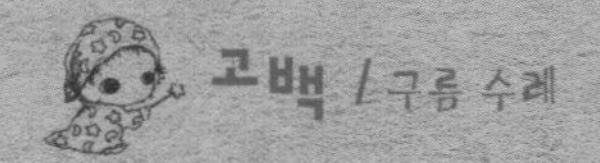

pamayang & jambo love story

니가 편하면
나도 좋아!

love is a long travel

"나… 난… 괘…

괜찮아"

난 무지갯빛 비가
내리면 기분이
무지 좋아져

넌 어때??

무지갯빛 비야
나에게
용기를 좀 줘...

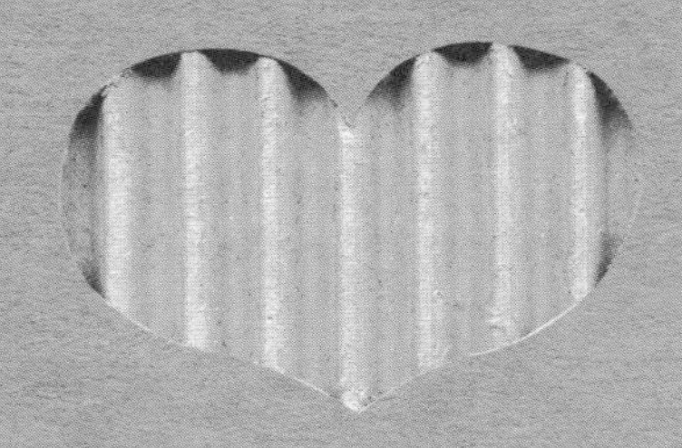

"용기를 좀 줘…!"

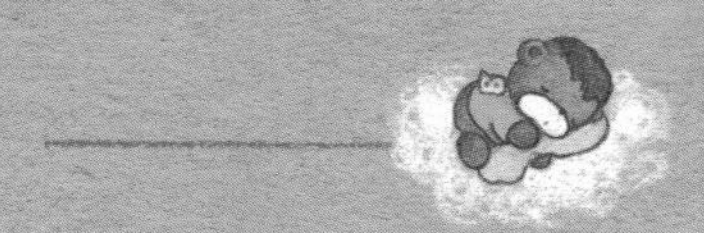

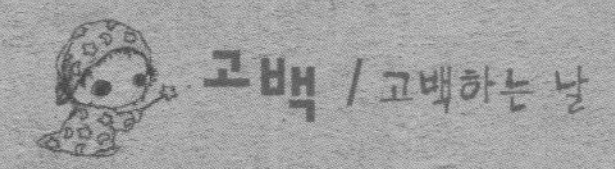

이 나무
꼭대기에
오르면...
너에게 꼭...

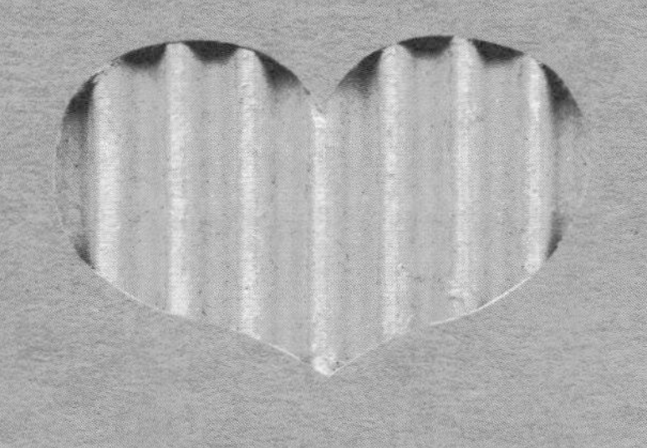

"너에게 꼭
할 말이 있어"

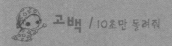

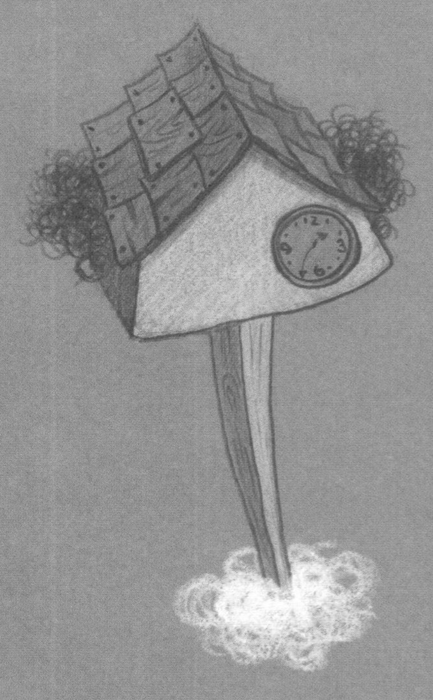

10초만...

돌려줘...

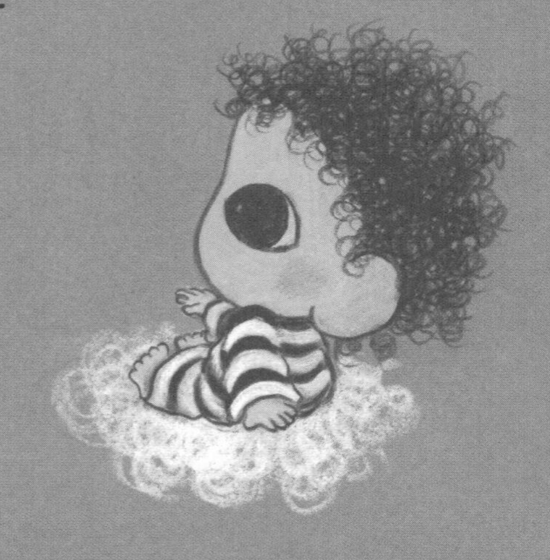

돌려줘...

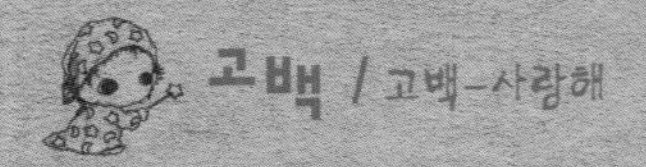

pamayang & jambo love story

l o v e   i s   a   l o n g   t r a v e l

"사랑해"

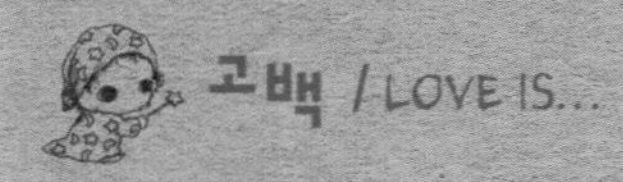

pamayang & jambo love story

l o v e   i s   a   l o n g   t r a v e l

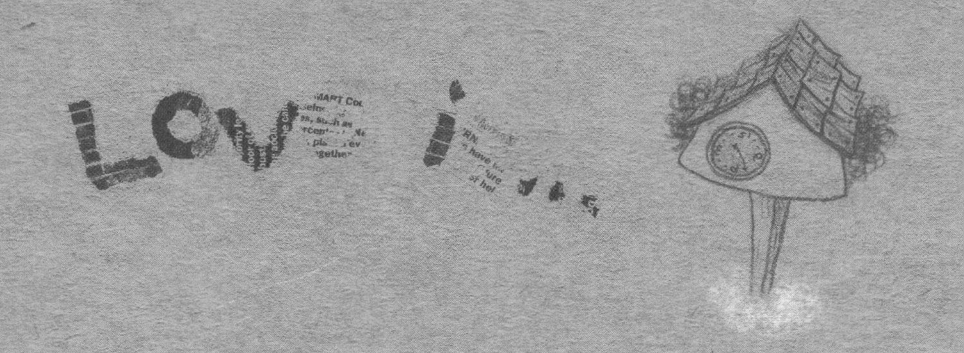

pamayang&jambo

Talk About Our Love

김선희 : 고마운 내 사랑 ~♥

강희원 : 계산 없이 마음으로 하는 사랑 —★

김은정 : 참을 수 없는 가벼움

김용운 : 한 사람의 그림자가 되는 것

최희윤 : 자존심을 버리다

송경희 : 아무나 하지만 아무나 성공하기 힘든 것.

남수현 : 생각하는 것만으로도 기쁘고, 짜릿한 것(:)

변지혜 : 믿음

김태화 : 비교해서는 안 되는 것

이현주 : 사랑이란, 마지막장이 없는 것!*

이미혜 : 한 사람 앞에서 가장 물러터진 사람으로 만드는 것.

정영진 : 마음과 마음이 닿는 것?

최신희 : 알아야 한다.

박은정 : 함께 가는 것

이은희 : 나 자신을 다시 한 번 돌아보게 되는 것

전영진 : 사랑은 상처받는 걸 각오하는 거

서유경 : (마음을) 공유하는 것

서유리 : 놀이동산에 가는 것

최향은 : 서로의 마음을 의심하지 않는 것

이재이 : 서로 닮아가는 것

오윤영 : 그 사람을 통해 나를 바라보는 것.

강지아 : 기다림.

박지영 - 사랑이란 믿음 속에서 완성되고 시작되는 것 ^^;

마음으로 통하는 것

心で通じるもの

LOVE iS....

white, pink, Yellow

black.... hot Red!! vivienne 정영

Sketch

가야할 때를 알고 가는 이의
뒷모습은 얼마나 아름다운가..
Don't Go away
가야 할 때를 알고가는 이의 얼마나 아름다운가..
뒷모습은
널 사랑하는
내 마음...

문득...
널 사랑하나봐...
넘치지도..
모자라지도 않게.
사랑 필요 충분조건..
눈물이
가지마
쿵쾅
쿵쾅

나 무섭거 ㅋㅋ
Jambo
Catnip Palace
MONTHLY LESSON CATNIP
캣닙 (Catnip)-
3500여년에 걸쳐 전 세계의 모든 종의
야옹이들이 이 신비의 허브에
소비하고 있습니다. 물론 모든
약 2, 30퍼센트의 야옹이는
만일 님의 야옹이가 캣닙
일반적으로
Jambo

한 사람을 만나 혼자 좋아하고 사랑하고...
아파하다... 다신 이런 사랑 오지 않을 거라는
걸 알면서도... 한순간 용기 내지 못해
사랑을 놓쳐 버리는 이 시대의 바보들에게
이 책을 바칩니다.